图书是怎么来的

［波］乔安娜·康恰克　卡塔日娜·皮茨卡◎著

［波］尼考拉·库哈尔斯卡◎绘

俞　佳◎译

我叫克拉拉，我的理想是成为一名作家，做编辑或图书管理员都行，因为我酷爱图书。我对图书的历史和图书是如何制作的一直很好奇。我的爷爷很博学，他是个万事通，能帮我解答很多问题。

这是我爷爷的藏书，他的藏书比我们社区图书馆的还多，爷爷经常逛全国各地的书市，还在古董店淘宝，寻找他想要的图书。爷爷说他藏书中最有价值、最稀有的是《白乌鸦》。

《安徒生童话》是我弟弟卡洛最喜欢的书，这曾经是我的书，但那时我还是个很小的孩子。

爷爷最心爱的书，既不是超古老的，也不是超稀有的，而是他母亲年轻时写的诗集，其中有一首诗是关于爷爷的。

我是卡洛，我喜欢dú书，入shuì前妈妈都会péi我读书。

这儿有我很喜欢的两本书，一本是《吵闹村的孩子们》，另一本是《偷书贼》。

我叫伊格那茨，是克拉拉和卡洛的爷爷。我们一家人都喜欢看书，我的孙子们从一出生就和书生活在一起。最近，克拉拉从另一个视角开始对书籍产生了兴趣，我非常愿意解答她的问题。

中国轻工业出版社

稀有珍贵的手稿
快来看看这些宝贝。
珂蕾霞，看看我发现了什么！这本书我们在学校里读过，我太喜欢它了，我要买走它。它的内页保存得很好，但需要更换一个封面。
哇，爷爷，这些书很古老，内页纸都变黄了，而且发脆了。这纸是用什么做的？我听说以前人们曾用破布做纸，这太神奇了，是谁发明了纸呢？
爷爷，你知道纸出现之前人们在什么上面写字的吗？陈列柜里有一本不同寻常的书，上面有漂亮的装饰和奇怪的字母，看起来像是手写的。爷爷，书曾经是在寺庙里制作的吗？
伊格先生，您的小孙女真好学呀！我还记得她小时候可爱的模样，现在长成一位渴求知识的大姑娘了。这是您订的书，我甚至找到了您要找的《白乌鸦》。
我的克拉拉真有钻研精神！孩子，等我从谢克先生那里把书拿过来，再给你解释。

第一部分
最古老的书

我小时候看过这本书。我喜欢里面的插图，这本书我阅读了上百遍。
这些泛黄的纸张使插图看起来很神奇。
哎呀！这看起来很有趣……
这可是首版！我找它们找的头发都白了，这可是真正的宝贝！
多么漂亮的封面呀！是用真皮做的，上面还有华美的镀金，做工太精细了！正是这种味道……我喜欢的旧纸味道，这是历史的味道。

纸书之前

从远古时期开始，人们就想办法记录积累的各种知识和经验，这是书籍的源起。但几个世纪前的书籍和我们今天所见的书籍有很大差异，它们的材质、形式、制作方式都不相同。在纸张发明之前，世界各地使用了各种可用的材料进行书写，如动物骨头、木板、绳子、布、石碑、棕榈叶等。

伊尚戈骨头

它是一块带有标记的狒狒骨头，是在非洲尼罗河上游的伊尚戈发现的，它有20000多年的历史了。骨头上布满了一排排的切口，直至今日，人们尚且不能确定它的用途，但一般认为它是用来记录数字或天文历法的。

我可以用它计算假期的日子。

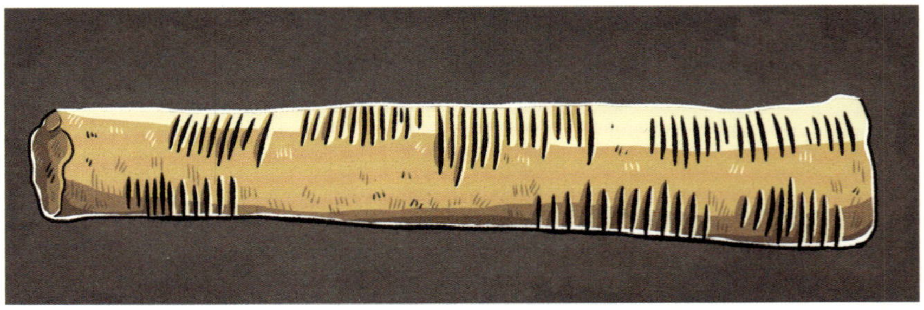

我爷爷在一次旅途中拍下的伊尚戈骨头

这种语言看起来像某种代码……

我和爷爷在《吉尔伽美什史诗》前

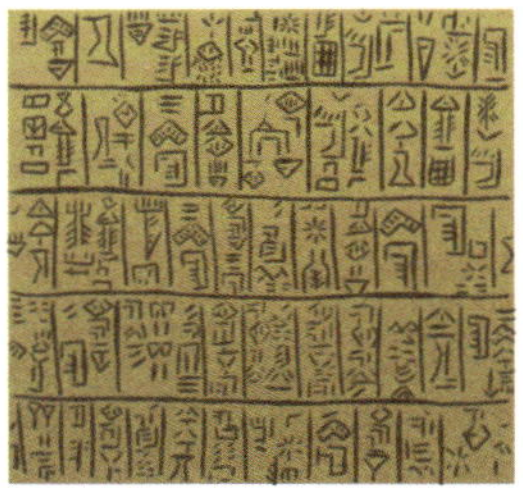

泥板（黏土板）

当泥板书图书馆发生火灾时，大火不会将它们损毁，反而会使它们更加结实，就好像陶罐，烧制能够使它们更耐用。

在古代幼发拉底河和底格里斯河谷有很多黏土，人们把这些黏土制成泥板，用一种特殊的芦苇笔在上面刻写，再把这些泥板晒干或者用火烤干，它们就变得坚硬、经久耐用了。由于在泥板上刻出的线条笔直、形状同楔形，因此称之为楔形文字。它是最古老的文字之一，曾被几种语言广泛使用，如苏美尔语、巴比伦语、阿卡德语。很多文化知识，如医学、数学、天文学，以及教科书、词典、法典和民间故事都是用楔形文字记录的。最古老的史诗《吉尔伽美什史诗》就是用楔形文字刻在泥板上保存下来的，它有4000多年的历史了，但是它的作者并未被记录下来。

爷爷说吉尔伽美什国王遇到了一艘像挪亚方舟一样的船，船上载着人类和各种生物。

楔形文字的变化

几个世纪以来，楔形文字的演变：从简单到复杂。

字符雏形为图像，形同楔形，因此得名为楔形文字。

奇普

一种结绳记事方式。很久以前，南美印第安人用它记录重要的生活事务，如账务、财物数量、事件日期等，根据一些学者的说法，甚至还记录了简单的故事。这些绳子由棉纤维、羊驼毛和美洲驼毛制成，材料都是来自本地区的动植物。奇普由一根主绳（木棍）和多根（几根到上千根）副绳组成，副绳系在主绳上，并打了许多结。有的绳被染了色，据考证，不同颜色和类型的绳结代表不同的含义。科学家证明，最古老的奇普可以追溯到5000年前。

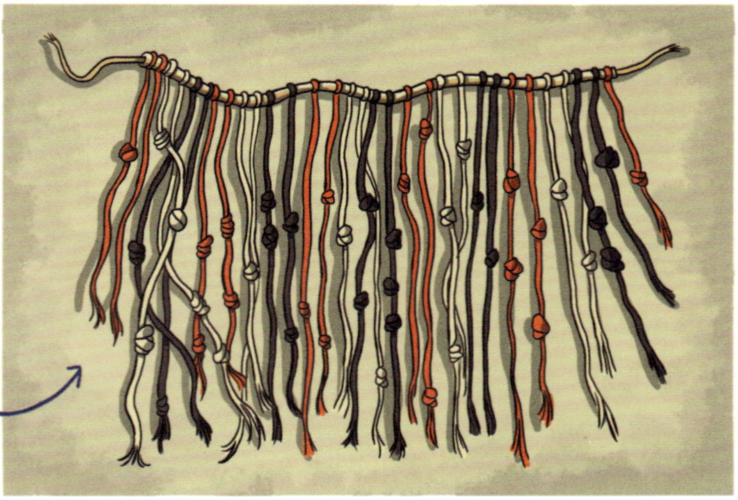

它看起来像一条漂亮的项链，我愿意戴着它，还可以记录我所有朋友的生日！

我们在图书馆研究扇形书

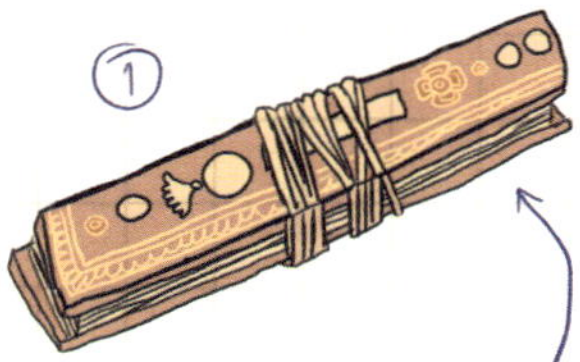

①

这是书折叠的样子，有点像三明治。

②

这是书展开的样子，像扇子。

棕榈叶书籍

很早以前，在印度、东南亚等地区，书籍是用棕榈叶制作的。因为它的页面又长又窄，会让人想到卷帘或扇子。先在叶子上钻孔，用绳子把叶子穿起来，用芦苇笔或刻刀在叶子上书写，形成划痕，之后用染料填充。写完一册后用木板制作封面，以保护内页。据研究，在大约5000年前，棕榈叶就被用作书写材料了，虽说棕榈叶不是很耐用，但公元9世纪的一些棕榈叶书籍依然被保存下来。

甲骨文

是中国商代王室用于占卜记事而刻在龟甲上的文字，距今约3400年。人们把问题刻在龟甲上，之后用火烤炙，占卜师从表面形成的裂缝中预测未来。

天哪，那些汉字看起来和龟甲上的裂缝一样。

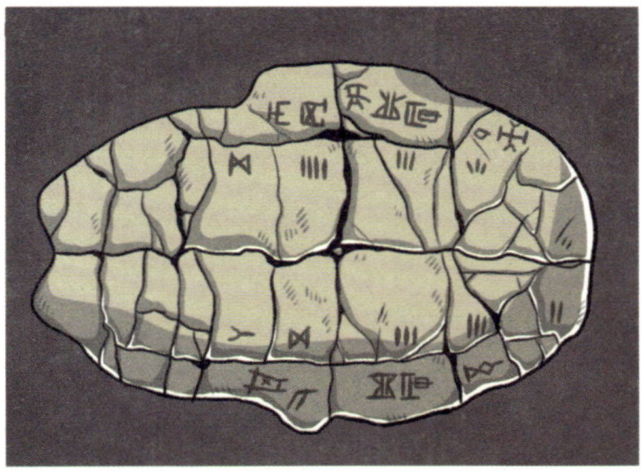

我在博物馆图书展览上看到的龟甲

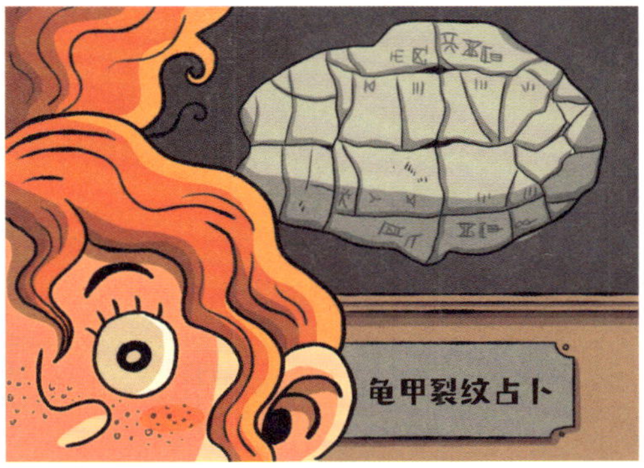

我很好奇上面写了些什么

我们在博物馆的莎草纸前

莎草纸

古埃及人在石头上雕刻象形文字（一种古老的文字），他们需要更方便的书写材料。大约公元前3000年，他们用纸莎草来制作莎草纸。莎草纸是将纸莎草的茎剖开成长条薄片，排放在一起形成一层，并在上面覆上另一层，两层薄片要相互垂直，再将其干燥、磨平后用于书写。莎草纸成卷存放，最长可达30米。由于莎草纸一面要施胶，通常只用另一面书写，但保存下来的通常双面都在。莎草纸还普及到国外，当时不仅埃及人用它书写，希腊人和罗马人也用它书写，保存下来的莎草纸上记录着《圣经》的片段。莎草纸创建了最早的类似现代书籍的抄本——由一页一页的纸装订而成的书册。

谁有这么大的房子来阅读这么长的书呢？

埃及人最初的文字就像图画。随着时间的变迁它逐渐向楔形文字发展。

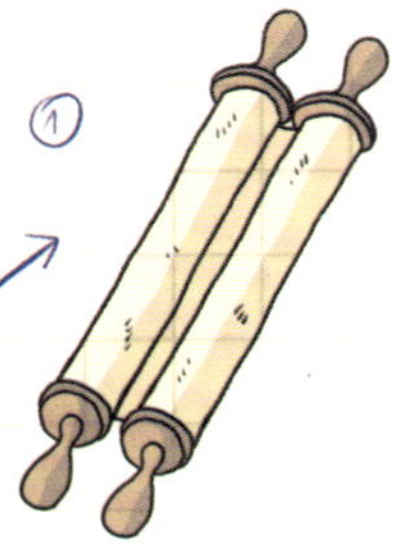

①

成卷的莎草纸看上去是这样的。

②

这是展开的，在这样的书里找东西一定非常辛苦。

中世纪的撰经阁

爷爷说，古希腊佩加蒙城邦的国王欧迈尼斯二世是发明羊皮纸的人之一，他也因此而扬名。

在欧洲中世纪早期，书籍是在修道院里制作的，后来扩展到学校和大学里。虽然都是手工操作，但整个制作过程是分工协作的，就像工厂的生产线，不同的人有不同的任务。这时开始使用一种新的书写材料——羊皮纸，此后，羊皮纸逐渐取代了莎草纸。

羊皮纸有时候也用牛皮来做。爷爷说它比其他羊皮纸更薄，质量更好，是用小牛皮制成的。

撰经阁：修道院中制作书籍的房间，里面摆放着一排排斜面桌子，是专供制作书籍的僧侣使用的。并不是每个修道院都有撰经阁，没有的修道院只好在庭院的拱廊下设置工作台。这项工作有严格的纪律，僧侣之间不准交谈。因为抄书需要足够的耐心和细心，以保证所抄知识的准确性，是比较辛苦的。在许多抄本中隐藏着僧人对自己困境的抱怨或提高报酬的信息。

书吏们通过小纸条来传递信息，既快速又隐秘，就像我们上课时传递纸条一样。

为了书写更整齐，书吏会在羊皮纸上画参照线，就像我们横格本上的线。

书吏也会写错字，但那时还没有涂改液，只能用刀将它们刮掉。

刮掉！刮掉！

抄写员抄写文本，并为插图和华丽的首字母留出了空间，他们必须知道怎样排设版面。资历高的人常常被委以重任，如非常有经验的书吏负责校对手稿。在一些修道院，抄写员也可以是俗人修士。

有一种书是关于如何书写字母、装饰封面和制作染料的，这是专为书吏准备的工具书。

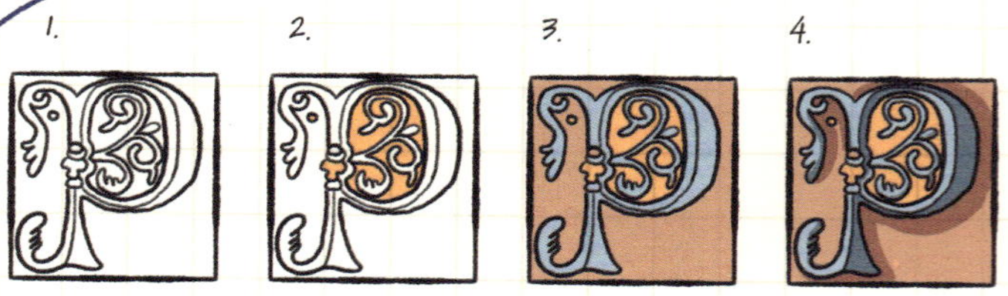

工匠艺术家用油漆和贵金属装饰手稿。起初由僧侣担任工匠艺术家，后来开始雇用专业艺术家。他们先用写生的手法绘制插图，然后涂上底色，把金或银薄片黏附在底色上；接着进行抛光，把素描的其余部分着色，先是浅色，然后是深色。

羊皮纸很贵，有时会重复使用。先用一些方法擦除上面原有的字迹，再用墨水写上新内容，这就是重写羊皮书卷，即重复使用的书籍。

在重写羊皮书卷上，有时旧文本会显露在新文本下方，一些旧文本也可以用化学试剂或设备来读取。这样，两本书就合二为一了！

染料由粉状物质和液体碱黏合剂制成。一些染料是天然的，一些是经过复杂的加工获得的。例如，红色染料是由硫黄和汞制成的，蓝色染料是由珍贵的青金石制成的。

羊皮纸用铁胆墨水书写效果很好。它由干燥的橡木瘿（生长物）、硫酸铁和阿拉伯树胶制成。干燥后，经久耐用、不易脱色。

据说，隐形墨水在古代就已经普及了，它常用来书写秘密信息或爱情告白。要想看到这些字，需要将它们加热或用一些化学物质使其显现出来。

书吏的包里有多种用品：羽毛、刀具、浮石、粉笔、墨水罐、尺子。羽毛是用来写字的，先把它用刀削尖，再用浮石硬化，浸到墨水里拿出来就可以写字了。

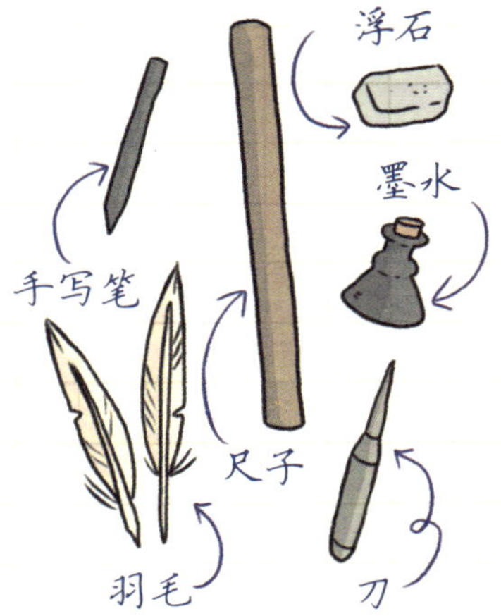

羊皮纸是由动物皮制成的，制作过程非常烦琐。要先将动物皮浸泡在特殊溶液（如水和钙混合液）里软化，去除毛发后再放回溶液里漂洗，然后用木框抻平，并用新月刀清洁。这些方法能使动物皮变得柔软、平整。干燥后，将得到的羊皮纸切成需要的尺寸。为了使纸片更好地吸收墨水，还可以用浮石打磨并在上面撒上白土粉（白垩）。

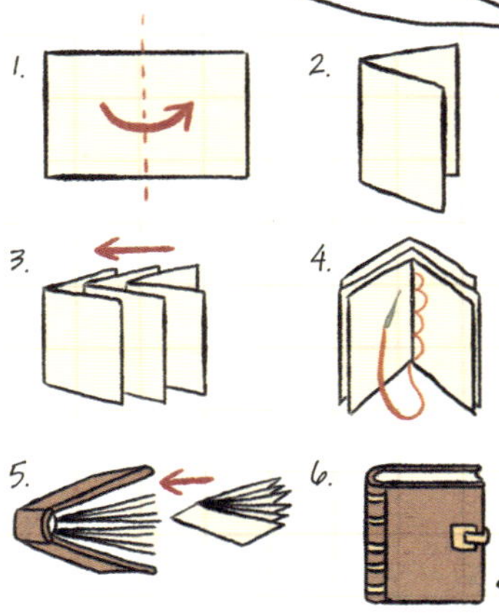

制作一本书：先将裁好的羊皮纸对折，再将几张叠在一起，沿折线缝在一起形成一本小册子。接着将几本小册子插入做好的壳面中，在书脊处打出整齐的孔，用绳子装订在一起并缝制堵头布来加固。之后，将其用几个带扣固定在木板（封面）上，木板将羊皮纸紧紧地压住，避免纸因水分和温度的影响而变形。最后，在木板上包上皮革，有时还会额外装饰。

羊皮纸最初是在修道院生产制作的，后来有专门的制造商。

这种形式的书被称为手抄本。读手抄本比读卷轴方便，有些手抄本书籍具有珍贵的收藏价值。

纸的历史

纸张的发明要归功于中国人，在纸张发明之前中国人主要在竹简和昂贵的丝帛上书写，考古学家还在骨头、龟壳和其他材料上发现了文字，如黏土和石头。

爷爷说竹简就是把字写在竹片上，编在一起，非常重，成语“学富五车”就由此而来，形容人读书多、学识渊博。我已经读完了一火车的书，因为我经常去图书馆。

蔡伦

一般认为，在公元1世纪，中国（汉代）的蔡伦发明了造纸术。

科学家发现了蔡伦时代以前的纸，所以说并不是蔡伦发明了造纸术，而是他改进了造纸术。

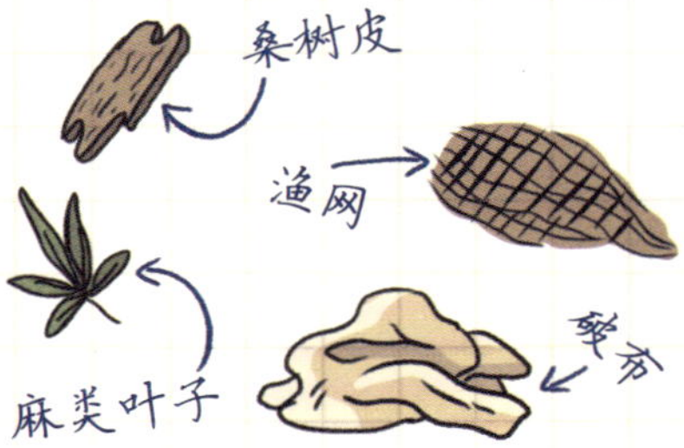

蔡伦使用的原材料比较容易得到：桑树皮、纤维布头、麻类植物叶子和破渔网。

先把这些材料浸泡，再捣碎或压碎。

形成黏性纸浆后，用竹子做的捞纸器制成薄纸片，并沥干水。

把纸张晾干，取下来摞在一起。

纸是一种非常理想的书写材料，蔡伦改进造纸术之后，纸张逐渐普及，书写质量也提高了。造纸术传到了日本、朝鲜、印度、阿拉伯地区，并在12世纪传到了欧洲。中美洲的玛雅人独自发明了纸，是用树皮和野生无花果树的韧皮为原材料的。

欧洲的第一家造纸厂是在13世纪末开始建立的，最初人们对造纸持怀疑态度，但最终冲破了阻力，开始大规模生产。在很长一段时间里，造纸并不是机械化的，而是跟蔡伦时代小作坊式的相似。时至今日，我们仍然可以用传统方法生产纤维纸。

我们站在杜什尼基-兹德鲁伊造纸厂前

欧洲早期的造纸厂分别建在今天的西班牙、意大利、德国。当时发明了磨轮驱动机，用于研磨造纸用的材料，因此出现了专业的造纸工厂。

随着纸张需求量的增加，破布的需求量也随之增加，收集破布成了一种职业。收集者在街道、排水沟和其他令人不舒适、脏乱的地方找破布，这有可能导致疾病传播。为了不“浪费”破布，17世纪的英国禁止用麻布衣服作为死者的殓衣，但破布仍然紧缺，所以必须寻找一种新的造纸原材料了。

我和爷爷一起去了一个手工纸作坊，我知道整个流程是什么样的。

我们磨碎旧的棉质T恤。

我用机器粉碎原料，爷爷正在熬煮粉碎的材料，做成纸浆。

我们用捞纸器捞浆，使纸浆成为薄片状的湿纸。

控干捞纸器中的水，并取下纸张。

把薄纸片摞在一起，每张之间用羊毛片间隔开。

压出每摞纸中的水并晾晒。

我的第一张纸就做成了。

之后，把它压平、软化、定型。

弗里德里希·戈特洛布·凯勒

查尔斯·芬纳提

19世纪40年代，德国人弗里德里希·戈特洛布·凯勒和加拿大人查尔斯·芬纳提开始使用木浆造纸，机械化生产也应运而生。到19世纪中期，造纸的每个阶段都实现了机械化，能生产长卷纸的福德利尼尔机器也出现了，它是我们今天使用的造纸机的前身。

福德利尼尔机器

纸上可以印上清晰的水印，一般是制造商名字的首字母、标记或徽章。随着技术的发展，水印被视为防伪标识。如今，我们可以在钞票上找到水印。

我把名字的首字母印在自己做的纸上了。

现代的纸是在造纸厂生产的，原材料（纤维浆）需由专门的工厂收集再送到造纸厂。纤维浆是由落叶、针叶木、棉花、黄麻、芦苇和竹子等材料制成，也可以使用二次原料——废纸。

原材料经过复杂的机械处理和化学处理后形成纸浆，造纸机将其加工成特定的大卷纸，然后将大卷纸分成小片的纸。

有点意思，但是对一个7岁的女孩来说，这会是一个很好的礼物吗？这些画都是灰褐色的，不知道孩子会不会喜欢。这本书的价格是多少？
今天全场优惠30%。
今天有优惠。这本书的作者就坐在那边桌旁，您可以找她签名，她会在书里为您画有趣的画。这本书真的很棒！
作者
BOOKS
这是讲有机美食的，书中的图画只用了三原色，看起来既高雅，又现代，像是精巧的艺术品！快请看，它是用原色纸印刷的，封皮也是可回收的。
出版社
非常漂亮，我的小孙子一定会喜欢，先谢谢了。
妈妈，蜜蜂！是我书里的那只蜜蜂。
秋/冬系列

第二部分
发展的书

如果是给7岁的孩子，我也推荐这本。动人的故事，精美的插画，适合每位可爱的小朋友。这本书的主角是大家喜爱的戴红围巾的小狗，孩子都喜欢。作者将在1小时后来这儿签名售书，欢迎您来。
对于4岁的孩子，我推荐这本畅销书，它是儿童文学作家专为孩子编写的。
天哪，爷爷，这里真是棒极了！到处都是我喜欢的书！刚刚我看见作者了，她来过我的学校。我想买下所有的书，但即使我有那么多钱，妈妈也不会让我买，因为我的房间放不下。不过，我可以从图书馆借书，有图书馆特别方便，爷爷，您知道图书馆是怎么来的吗？
爷爷，谷登堡是谁？我听说如果没有他，图书的生产就不会像现在这样高效。您的朋友是排字员，和书有关系吗？
我给你慢慢解释，告诉你印刷的历史。
10:30–11:30
玛格达莱娜·布尔丘查
沃伊切赫·韦切斯尼
12:00–13:00
尼古拉·库哈勒斯卡
13:30–14:30
恰克查
罗捏
尼古拉·库哈勒斯卡
你想要这本书，还是想要鸟类拼图？只能选一本！
打扰您，我可以看看另一本书吗？多少钱？我想为我们的图书馆买一本。作者几点到？我希望她在书上给孩子们写几句话。
这是一本锻炼眼力的捉迷藏式的探索书，读者需要在每张图中找到指定的事物。我非常喜欢这样的图书，因为每次都能从中发现新东西……
I ♥ BOOKS

谷登堡的发明

金刚经

说起印刷术，欧洲人经常会提到德国发明家谷登堡，但他并没有发明印刷术，只是革新了这项技术。一千多年前，中国人就已经使用印刷术了，那时使用的是雕版印刷。是在木板上雕刻反体文字，并把没有字迹的地方削去一部分，使文字形成凸出的阳文，在阳文上涂上墨汁，把纸覆在上面，轻轻拂拭纸背，字迹就留在上面了。现存的最古老的雕版印刷品是中国唐代的《金刚经》，它印刷于公元868年。雕版印刷术在欧洲也很出名。

爷爷说印刷的先驱是中国的毕昇和王祯。

这就是谷登堡，
如果你相信以前的肖像画

约翰尼斯·谷登堡

在15世纪，他研发出了用活字与机械来印刷书籍的方法。为了筹建印刷厂，他向当地的商人约翰·福斯特借了很多钱。当印刷技术逐渐完备，可以印刷更多书籍时，福斯特要求谷登堡偿还债务。谷登堡没有那么多钱，法庭判决他用工厂抵债，因此他失去了工厂，新的印刷技术也被迫转给了别人。谷登堡是与毕昇比肩的历史巨人。

我和爷爷在重建的谷登堡
工作室中

在谷登堡印刷的第一批书籍中，有一本拉丁语教科书《西比拉的神谕》，最著名的，当属15世纪50年代的《圣经》。

谷登堡圣经

书的每页都是42行，字体模仿了手写稿字体，上面还有手工装饰，因此人们认为谷登堡印刷的书是完美的手稿，没有错误或污点。现存的谷登堡《圣经》有40多本，其中只有一部分是完整的。

我在普尔佩林的博物馆中见到过

排版和装订，这是我所在城市最古老的工厂

自谷登堡《圣经》印刷以来，印刷的书籍逐年增加，印刷技术也得到了发展和普及。曾经由书吏抄写的书籍可以快速地印刷出来。由于人们对各种出版物的需求不断增加——不仅是宗教、科学类的，还有文学和娱乐类的书籍，印刷商成为受人尊敬的专业人士，他们关心自己印刷品的质量和美感，专注于印刷物的特色。那个时期，印刷厂往往是家族企业。

排版的前世今生

得益于工业革命，新的发明使印刷机械化成为可能。20世纪80年代，排版是排字员在排字的机器上进行的。今天，排版是在电脑上完成的。

爷爷说，排字员在今日是一个"消亡了的职业"，因为书籍和报纸不再用活字排版。可能只有在博物馆里才能看到"活字"。

爷爷的朋友，排字员约瑟夫先生

妈妈的朋友，平面设计师奥拉小姐

排字员工作室

爷爷告诉我，这是谷登堡在工厂，如造币厂、葡萄酒厂中观察各种工匠的工作后想出的方法。

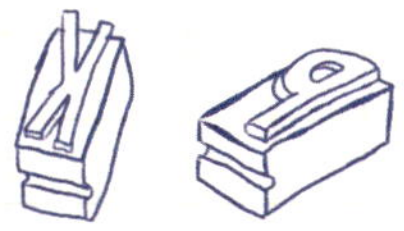

活字上带有凹槽，以便卡在活字盘上。

活字

带有单个凸起字母或其他标记的金属“印章”——活字。排字员将活字放在凹槽里排好。活字的排版是在排字手托里完成的，即排字盘。

这些空白处不接触油墨，所以不会在纸上留下任何痕迹。

印刷小恶魔——这可不是创造出来的生物，而是指在出版前没有人注意到的文本错误。因为文本是手工排列的，它很难被发现。

谷登堡创造了一种铸造金属活字的设备，这使得活字可以大规模地生产。活字由铅锡合金制成。

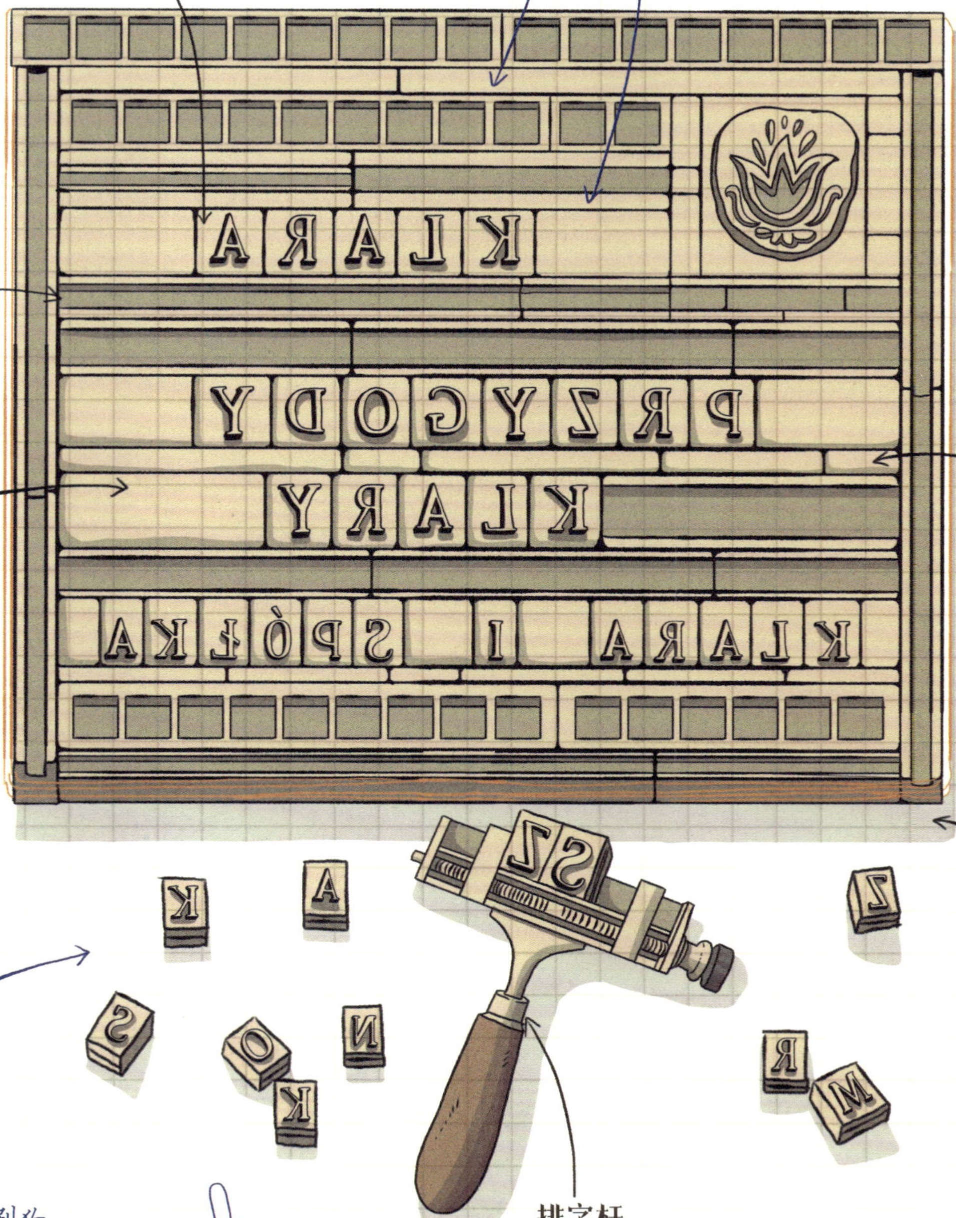

行间距

每行之间必须有间隔。因此，要用没有凸起字体的对开条填充。

联空

排字盘中的每行必须对齐，因此要在每行中的空白处填充空铅，这样文字就不会掉下来，文本也能整齐地排列。

妈妈在电脑上打字的时候也说要把文字对齐，但是文字并不会从屏幕上掉下来呀？

铅是一种有毒性的金属，由于印刷工人经常接触，因此很多人患病。

对开条

为了表达字行之间的距离，使用了对开条，即用一定厚度的窄金属条，将其插入字行之间的凹槽中。

整个活字盘用木楔固定或用绳子系紧，以便转移到印刷机上。

使用像倒立的蘑菇形工具前，在活字上涂上印刷墨水，它有时被称为“印刷狗”（后来被滚筒取代）。

排字杆

排字杆中的字体是反向排列的。排列在构图杆中的文字也不容易阅读，因为它是反的。

从排版到印刷

1. 固定文本
2. 上油墨
3. 把纸覆在排字盘上
4. 印刷后切纸
5. 印刷完成

图书馆的历史

几乎每个人都去过图书馆。有了图书馆，我们无须购买就能获得想要阅读的书籍以及学习材料，甚至还能找到多年前的出版物。第一个图书馆是古人为了积累和保存知识创建的。它不仅是收藏书籍的地方，也是制作书籍的地方。

亚历山大图书馆真实的样子，但它也许如下图。

古代最著名的图书馆是位于埃及亚历山大城的亚历山大图书馆。2350多年前，英勇善战的马其顿国王亚历山大大帝占领埃及，建立了亚历山大城，他的老师亚里士多德计划在这座城市建立一个图书馆，但最终由后继国王托勒密一世筹建。这个图书馆历经100多年建成，是当时重要的科学研究中心，世界各地的科学家和思想家慕名而来，如几何学创始人欧几里得、物理学家阿基米德等。据一位历史学家说，图书馆的藏书多达700000卷。

大约600年后，亚历山大图书馆毁于大火，它被破坏的原因众说纷纭。

藏（cáng）式图书馆

与亚历山大图书馆齐名的是佩加蒙图书馆，据说，羊皮纸就是在佩加蒙城发明的。美索不达米亚建立过一些图书馆，里面收藏着楔形文字泥板书。古代中国、伊朗、希腊、罗马、拜占庭也都有图书馆，它们通常是在学校里创建的。在古罗马，拥有藏书是一种时尚，富有的、接受过教育的人们在自己的别墅里收藏书籍，并与家人和朋友分享。古罗马除了私人图书馆还有公共图书馆。图书馆也曾在浴室出现过，是社交和交流的重要场所。

爷爷说，君士坦丁大帝在罗马就建立了28家公共图书馆，罗马人一定很喜欢书……

在藏有泥板书的亚述图书馆，他们不小心把书摔碎了。

中世纪图书馆的藏品不如古代图书馆丰富。这时的图书馆大多建在教堂和修道院内，通常只有神职人员可以使用。这些书经常存放在上了锁的柜子里和壁橱中。珍贵的书籍往往被存放在保险库中，普通的也会被锁上，以防被盗。图书馆一般通过购买和捐赠扩大藏书资源。在修道院的撰经阁中，僧侣们仔细地誊写书籍。

小偷没有偷走整本书，但偷走了用金子装饰的书页，这真是一个顶级的破坏者！爷爷说，把书当成战利品的士兵就是这样的小偷。

=3

哼！

意大利蒙特卡西诺修道院图书馆

本笃会（天主教的一个隐修会）在蒙特卡西诺修道院建立的图书馆（6世纪至1944年）是当时最重要的图书馆之一，另外，还有法院图书馆、私人图书馆和大学图书馆（如波兰的雅盖隆大学图书馆、法国的索邦大学图书馆）。在阿拉伯国家，图书馆建在清真寺或科学中心，以及哈里发的宫殿中。后来各国建造的图书馆普通读者也能借阅了。

梵蒂冈图书馆

波兰雅盖隆大学图书馆

西班牙埃斯科里亚尔图书馆

法国索邦大学图书馆

捷克克莱门特学院图书馆

文艺复兴和启蒙运动对科学的重视促进了图书馆的发展。规模宏大的图书馆往往是由统治者和重要政要建立的。

爷爷奶奶参观了世界上许多古老而美丽的图书馆，它们内部就像宫殿一样壮观，如梵蒂冈图书馆、西班牙埃斯科里亚尔图书馆、捷克克莱门特学院图书馆等。

波兰国家图书馆

欧洲各国从14世纪开始陆续建设国家图书馆，它最初的藏品主要是由国王或是私人收藏家捐赠的。随着时间的推移，有些国家也始出现一种新的规定，就是在该国出版的每一种出版物都要免费提供一份给国家图书馆。

在波兰国家图书馆，您可能会找到所有在波兰出版的书籍，包括您现在正在阅读的图书！国家图书馆还收藏波兰语书籍的其他语言译本，以及杂志、地图、地图集、地球仪、乐谱、软件、电影和录音，甚至盲文图书。

图书馆

图书馆整体的规划、设计取决于它的功用。国家图书馆的规划会与其他图书馆有所不同，学生、科学家、公众或儿童图书馆的设计也各有特点。

世界各地还有很多“奇特的图书馆”，它们负责为偏远的、贫困地区的读者提供阅读。在挪威，用船只运送书籍到最远的峡湾；在肯尼亚有个骆驼移动图书馆；在美国肯塔基州有马背图书馆项目；而在波兰是图书馆巴士送书到村庄，可以说是车轮上的图书馆。

图书整理室：在这里对图书进行分类、编目、数字化制作，工作人员还负责征集和补充藏书。

书库：所有的书籍、手稿、文件和印刷品都存放在这儿。

图书编号：一种由字母和数字组成的编码，贴在书本上，用于标注图书类别和摆放的位置。

C-33278

复印室：拷贝资料的地方。如将考试所需资料拿到这里，可以激光复印，也可以打印。

作者

图书编号

作者：乔安娜·康恰克
图书编号：C-33278

标题：图书是怎么来的
第一版
华沙，我们的书店2019
页数：40
尺寸：240mm × 320mm
备注：第四页有错误
ISBN：978-82-10-13420-2（原版书号）
库存编号：

821,111

分类标记

目录卡样本

图书索引：它包括图书的各种信息（作者、书名、ISBN、分类、主题关键字、图书编号或出版年份），您只要找到它就能在藏书中找到要找的书。通常在计算机上查看索引，也可以在索引柜中查看卡片。

索引卡片

阅览室：您可以在这里阅读无法借回家的图书。在阅览室里必须保持安静。有的阅览室允许带自己的计算机来工作或学习。

多媒体厅：图书馆通常不仅是一个提供书籍的场所，还是融入当地社区的文化活动场地。在多媒体厅会举办各种文化活动，如作者见面会、科学讲座、电影放映、文化展览等。

露天图书馆

在我们附近的公园里有一个树干做的露天图书馆，你可以把不需要的书放到里面的柜子里，你也可以带走别人放进来的书。

常用书籍：顾名思义，它是经常用到的，“随手”可取，不必去库房调取的书籍。这里的书有些可以借出，有些只能在现场阅读。

您要借书，就在信息台登记。

ISBN（国际标准书号）：目前由13位数字组成，一共分为5段，分别代表图书产品标识、组区号（国家或地区）、出版者号（出版社）、出版序号（图书）和校验码，它是许多国家都使用的系统。

978-7-5184-3894-5

这个数字代表书是在中国出版的。

衣帽间：为了方便阅读，您在进入阅览室之前要将外套和背包寄存在这里。

库房：大多数藏品以及有重大价值的书稿都收藏在这里。当您需要某本书时，需要填写借阅单，它就像一个订单，要填写书名、作者和图书编号。借阅的书籍被送到阅览室，您在这里阅读、查证，各图书馆的借阅系统并不相同，有的是全自动的，由机器选捡书，然后通过传送带或电梯运送到阅览室；有的则需要人工辅助。

餐厅：在阅览室看书时是不允许吃东西的，您饿的时候必须去餐厅。

我们的书

文学有多种形式，如小说、散文、诗歌、戏剧、寓言、童话。我们都喜欢小说，它有多种类型，有武侠小说、历史小说、推理小说、传记传奇小说、军事小说、科幻小说、动画小说、戏剧小说等，每个人都能找到自己喜欢的类型。

奶奶喜欢的小说

爸爸喜欢的小说

妈妈喜欢的小说

在还没有连续剧的19世纪，人们会阅读连载小说。不论是享里克·显克微支的三部曲，还是查尔斯·狄更斯的《匹克威克外传》都是以这种方式呈现给读者的。过去，书店不像现在这么普及，有一些被称为《奇闻怪谈》的书，是一种面对大众读者的低廉出版物，主要通过流动书亭或邮政订购。

知识是以图书为载体进行传播的。这些图书内容有的轻松活泼，有的周密严谨；有的是为普通大众准备的，有的只供专家使用。我喜欢阅读有关太空的书，卡洛喜欢关于恐龙的书。

妈妈爱看非虚构的内容，她对这类的一切出版物都感兴趣，如名人传记、科学期刊、实时报道、各地的奇闻趣事等。她说她厌倦了虚构的事情，所以她更喜欢阅读真实发生的故事。

在每个国家的每段历史中，都会出现对统治者不利的出版物。有些在审查后做了更改，如删除部分章节或针对某些内容做修改；有些则是在非官方机构出版后被禁售了。统治者有时会出版加强思想控制的图书，这些书往往歪曲历史和现实，以迎合特权阶级的纲领路线。禁止阅读或购买某些书籍是自古就有的，16世纪欧洲出版了《禁书目录》，天主教会在其中列出了禁止信徒阅读的出版物。

审查书

爸爸对指导类图书上了瘾，他从书中找到了各种知识：如何成为完美的丈夫和父亲，如何钉钉子，如何在世界末日生存，如何更好地工作，如何做才能有很多空闲时间，如何打扫，如何更快乐，如何赚一百万等。以致最后，爸爸可能寻找不到一个好的"导师"，因为目标很远……

托娅的书

卡洛的书

我的书

我已经长大了，所以很多儿童读物都归卡洛了。卡洛的图书里必须有很多插图，否则他会觉得很无趣，而我喜欢那些字多的书。我读的第一本纯文字书是《伊索寓言》，它的作者是古希腊哲学家伊索。伊索写的故事很适合儿童看，但专为儿童写故事是一项新事物，从18世纪才开始流行。

当我们需要查阅资料时，字典和百科全书就派上用场了。如今，人们经常使用互联网查阅，但互联网上的许多内容不够严谨，而在字典和百科全书的编写过程中，有很多专家和科学家对内容进行审查。百科全书往往有很多卷，通常需要几年或数十年才能编写完成。18世纪的法国百科全书共28卷，丹尼斯·狄德罗是主编，他邀请了当时众多的杰出人士共同编写，历时30年完成。

安德鲁姑父是一位戏剧导演，他阅读了很多戏剧书。戏剧书可不仅限于悲情的，还可以是欢快的。我瞥了一眼，这本书像是个剧本，有人物对白、场景说明等，包括人物在做什么、发生的时间、地点和形体动作。还有走位说明，它可以帮助演员更轻松地在舞台上表演。

安娜姑姑是一位诗人，她很关心我们是否读诗。诗歌因时而异，有多种形式，如豪迈激昂的励志诗，辞藻华丽的赞美诗，深沉哀悼的挽歌等。有些诗很短，比如日本的俳句；还有些诗很长，多是讲述英雄和骑士的传奇。有些诗押韵，有些则没有。女诗人维斯瓦娃·辛波丝卡是我姑姑最崇拜的偶像，她是荣获诺贝尔文学奖的波兰作家之一。

爷爷和奶奶喜欢旅行，这能从他们收藏的图书中看出来。他们的书架上不仅有很多旅游指南类图书，还有旅游达人写的传记。

奶奶有一整套食谱书，她最喜欢20世纪四五十年代的食谱，因为里面介绍的食物跟她妈妈做的很像，但也有全新配方的图书。根据图书上的方法奶奶可以烹饪世界各地的菜肴。古人也记录了他们喜欢的食谱，如古罗马美食家阿皮基乌斯写的一本食谱，幸存至今，他介绍了当时人们的饮食，看着食谱上的介绍，我不知是想想尝尝百灵鸟的舌头还是野猪的臀部……

在很早的时候，人们就开始撰写游记记录自己的旅程。14世纪的著作《伊本·白图泰游记》，是中世纪阿拉伯旅行家伊本·白图泰的旅行游记，他曾访问过埃及、阿拉伯、波斯、叙利亚、中国等国家。书中记述了各国的大城市，讲述了各地的文化、习俗。尽管在他的讲述中有“长着狗脸的人”这样令人难以置信的事，但在那个时代他还是被认为是“具有可靠消息来源的人”。

作者见面会
你们觉得山羊的话是什么意思呢？为什么和兔子说的以及从蚂蚁处听到的不同呢？
书非常美妙，所以这么多孩子喜欢来这里一点儿也不奇怪……
非常棒，笑一笑，孩子们！
我知道！
我来说！
我！女士，我知道，我知道！
因为那只山羊是个说谎精……
安静！
哦，现在别说……
因为山羊的听力不好，听错了蚂蚁的话！
完全不是！
我！我！
这里能找到必读书目
我知道！
请先举手，孩子们！不要一起说！
我认为山羊应该是弄错了，有时候我也会不小心说错。
嗯，这只山羊想惹恼蚂蚁，故意说错的。

第三部分 现代的书

今天来的人真多！作者见面会很久没有这么大的规模了。太棒了，多亏你的好主意！把他们分成两个组，否则照顾不过来……
嗨，欢迎您，小伙伴们！
我们在图书馆欢迎您
我知道，山羊其实是想和蚂蚁开个玩笑！
爷爷，我不知道做书这么复杂，这位女士的介绍真有趣。但我不明白，编辑和校对有什么区别？印刷的时候实际上发生了什么？立体书属于什么类型的书？
见面会后，我一一解释给你听。
安——静——宝琳卡，您的孙女无法集中注意力！
请看这里……我们今天将会用多种方法作画。
我把纸拿来了……
所有人都有蜡笔吗？
妈妈，我可以用水彩笔画画吗？我们问问是否可以。
我不想画！
谁还需要蜡笔，我这里有。
小保罗，你再看看，你一定会玩得很开心。来，我们坐下来，给妈妈画一些可爱的东西……

1. 董事长、社长：管理整个出版社。他们决定出版社的出版方向，即出版什么类别的图书，是专注于儿童书籍还是成人书籍，是文学故事还是纪实侦探等，以及出版图书的量、采用什么样的发行方式等。他们还代表出版社的形象。

2. 编辑部：这里的工作人员提出长远的选题规划，联系作者、插画师、译者等进行组稿，还接收投稿。负责加工修改稿件、审稿、按期发稿等，直至图书下厂印刷。

3. 出版部：主要负责图书选题成本预测，图书的发排、制作和图书工艺设计。他们与印刷厂洽谈合作、签订书刊制作合同，将经过技术处理的文件发送到印刷厂印刷，检测印刷品和样书，监督图书入库。

4. 营销部：确保图书信息尽可能快速、详细地被人们获知、了解。他们与媒体、主播合作，采用多种方式进行宣传，如利用视频、横幅、海报、书签、文化衫和创意包等材料。他们负责在展会上、互联网上与读者交流，组织开展读者见面会，安排作者与读者互动。

5. 发行部：主要负责与图书经销商建立合作，向他们提供书籍。他们与批发商、零售连锁店、分销商、学校、网店和图书馆合作，还通过邮购和贸易展览会出售图书。

出版社

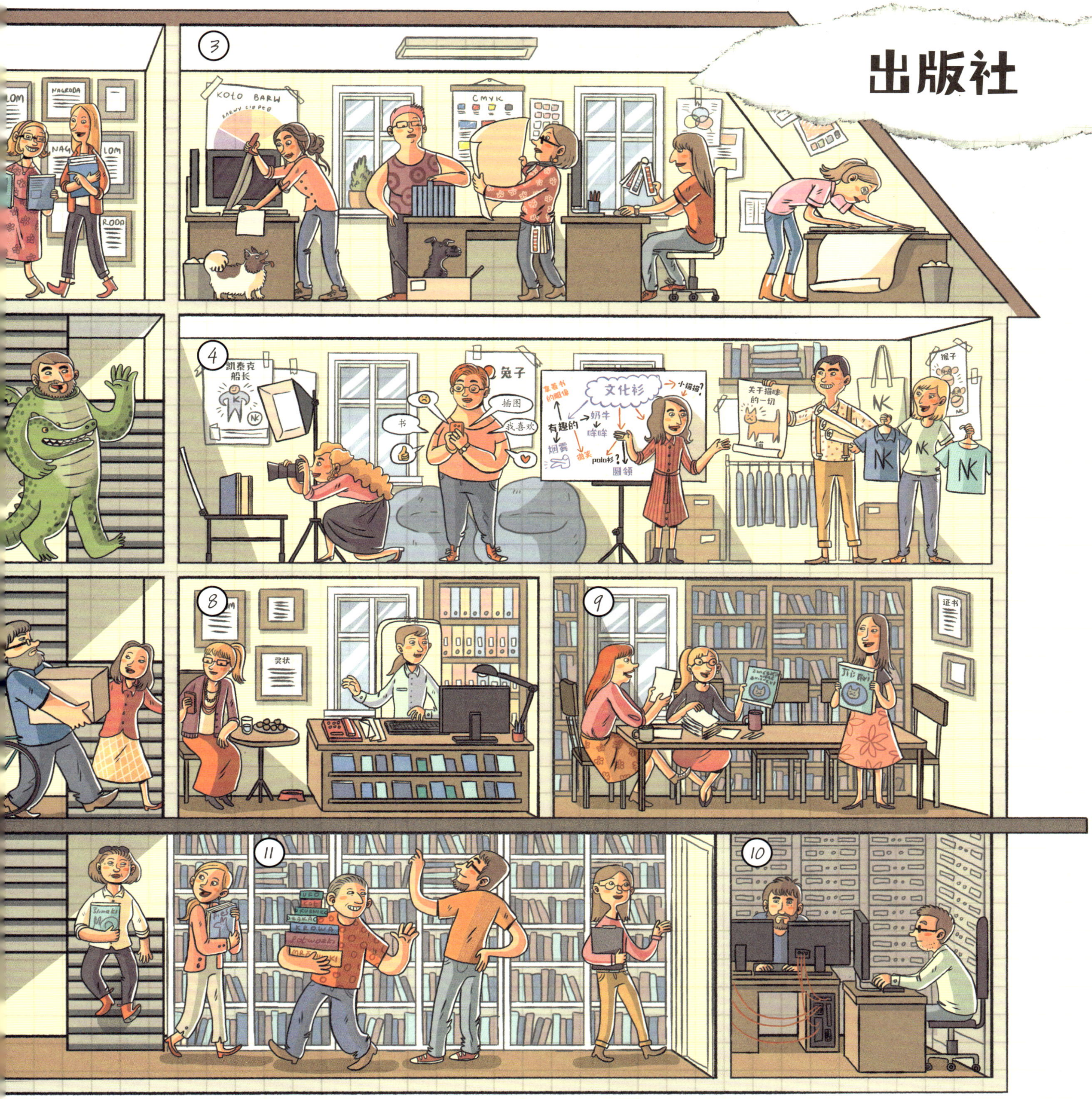

6. 财务、人力资源部：财务负责资金往来，处理合同、发票、税务等；他们熟悉税收法规、财政报表和其他重要事务。人力资源部主要负责人员的招聘、培训、考勤等。

7. 餐厅：员工在这里吃饭、喝咖啡、休息放松，讨论绝妙的方案或新想法。

8. 后勤管理处：负责接听和转接电话，收发文件和包裹，确保将文件交给合适的人。协助组织工作，如购买办公用品、出差期间预订酒店、维修公共设备、安排会议等。

9. 会议室：在这里召开会议，讨论出版社的各项决策或部门计划、工作进程，也会在这里组织活动或接待客人，如请作者进行研讨或是招聘候选人。

10. 信息部：计算机专业技术人员在这里工作，他们确保出版社的计算机完美运行，并为图书提供数字化服务。

11. 借阅室和档案室：出版社迄今为止出版的所有书籍，以及需要存档的重要文件都在这里保存。

12. 库房：印刷好的书籍从印刷厂运送出来，其中一些交付给预订的批发商和书店，一些则需要搬送到库房。

从写稿到制作

作者写稿（充满挑战），然后寻找出版社；或者出版社约稿，作者根据规划有目的地写。

作者和出版社签订合同，就各种重要事项达成一致：出版这本书需要的时间，作者将获得的稿酬，图书将采用什么开本（尺寸）出版，定价是多少等。

编辑审读文稿，对内容、结构、文字、逻辑等做全面的分析，确保文章的逻辑清晰、内容衔接紧凑、结构严谨，达到了出版的标准。如果部分内容需要修改或调整，编辑要与作者商议并退改。

插画师拿到编辑审阅的文稿，按照与出版社的约定，绘制黑白或彩色插图。插画师同样要与出版社签订合同，其中规定了报酬、插图的数量、交付日期（不能迟交）等。

文稿和插图都完成后，设计师设计版式，之后按照设计的版式排版。排版时，首先要确定版心尺寸、行宽和行距等，针对不同的内容层级选择不同的字体。同时，插画师需要绘制封面，设计师进行设计。

排版完成后进行初审，一本书需要经过三审和三校，复审和终审需要更资深的编辑完成，三审退改后进入校对流程。三审三校过程中的修改或调整会用专用符号标记，责任编辑确认后退给排版人员改正。经过三次审校、退改，这一书稿就可以交给出版部人员整理，送去印刷厂打样、印刷了。尽管今天的排版不像以前那么复杂，但“小恶魔”仍然会捣乱。

这些校对符号对我来说
就像神秘的密码……

一些校正符号的使用示例

说起活字印刷术，经常会提到中国的毕升和德国古腾堡的名字！

（校正标注：字体统一；昇；谷登）

更正后：

说起活字印刷术，经常会提到中国的毕昇和德国的谷登堡。

○○○○	说明		删除
∨	加大空距	△	保留
	改正		
	转换		

我们会在书中找到什么

文字设计符号：除了文字，书中还会使用各种字符，主要是标点符号，但也包括其他符号，如和号（&）、星号（★）、波浪号（～）、短线（–）、方括号（[]）等。

版面：图书每一页的整面，包括图文、余白。

行宽：正文区域文字的宽度。排版时设置文本自我调节，会使每行文字左右两端对齐，使版面看起来整齐、美观。

章节：文章的组成部分，全书通常分为多个章节。

行：文本行。

段落：章节的组成部分，首行通常缩进两个字，使段落更容易辨识，使阅读更顺畅。

行距：行与行之间的空间。

页边距：页面的边线到文字的距离。

栏：版面中文本的排列形式，如右图页面的文本分成了两栏。

这就是分栏。

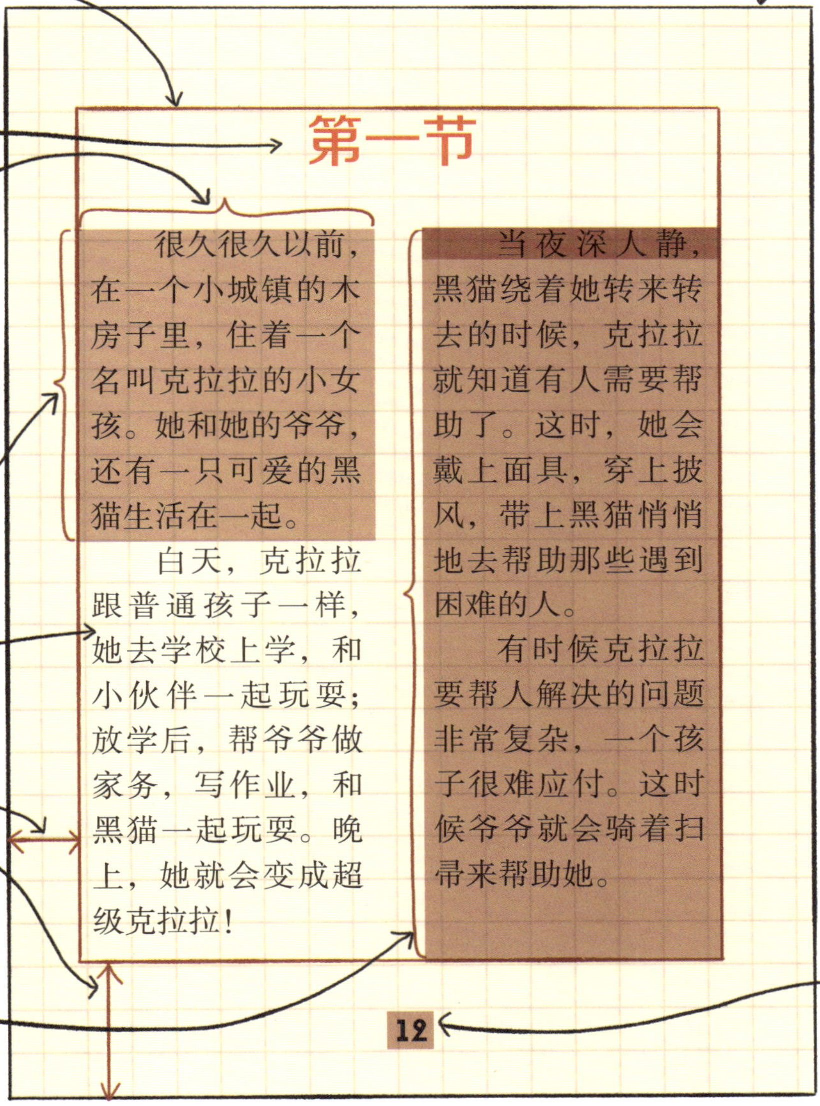

字体可以：

加粗

倾斜

下划线强调

~~删掉~~

字间加密

字 间 分 散

放大

缩小

文本通常不使用斜体，而是用一种较方正的字体。

不同的内容模块可以选用不同的字体：

青少年日记

打字稿

旧书

计算机上有系统自带字体，也可以根据需要安装。

页码编排：每一页面上标明次序的数字或其他编码，某些页面省略了页码编排，例如章节起始页。

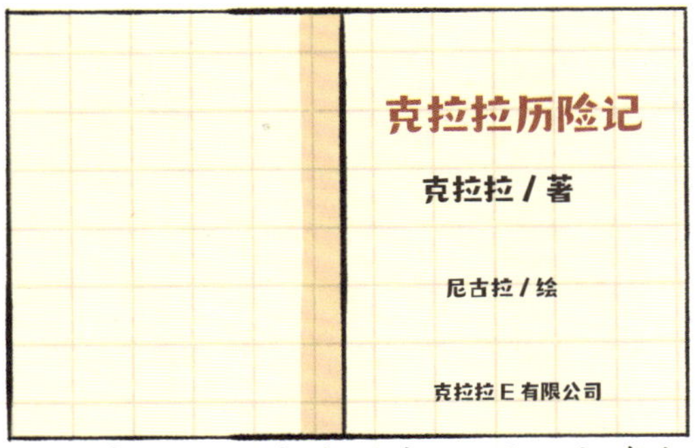

扉页：一本书的起始页。大多数情况下，书名、作者、插图绘者、译者和出版社的名称都印在上面。

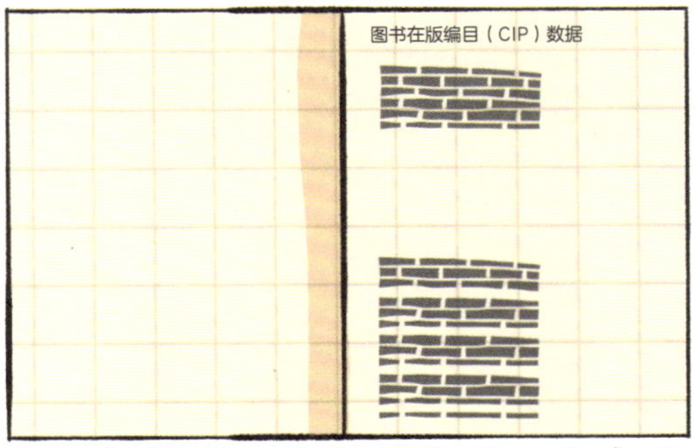

版权页：版本记录页，是出版物的版权标志，一般位于图书正文前或正文后。在这一页中应记录书名、著译者、书号、出版年份和地点等信息，有时还包括印量（印刷份数）。

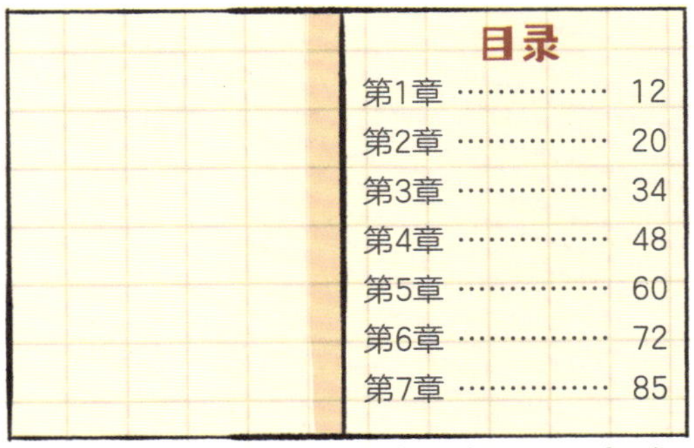

目录：按照一定次序列出的篇章名目，多放在正文前。

在印刷厂会发生什么

①书稿审校完成后，以电子文件的形式发送给印刷厂。同时附有一份印制单，说明采用什么样的纸张，封面采用什么样的工艺，图书是精装还是平装等。

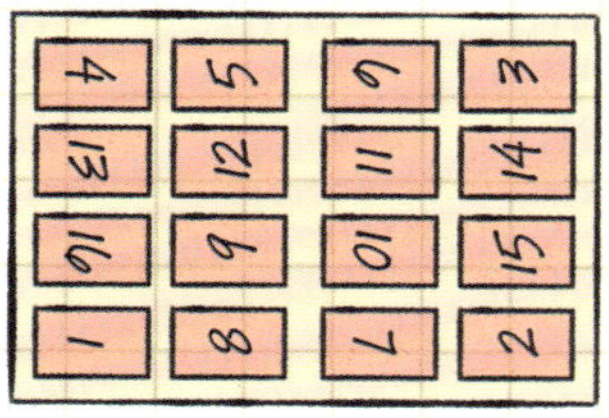

折页——将一张全张纸折叠一次或多次，折出一定量的页面。一张折叠3次的全张纸可得到8张卡片，即16页，这是印刷中最常用的图书尺寸。将版面按照特定顺序排列好，印刷、折叠、剪切后就可以得到一个小册子。纸张上有折叠线和裁切线。

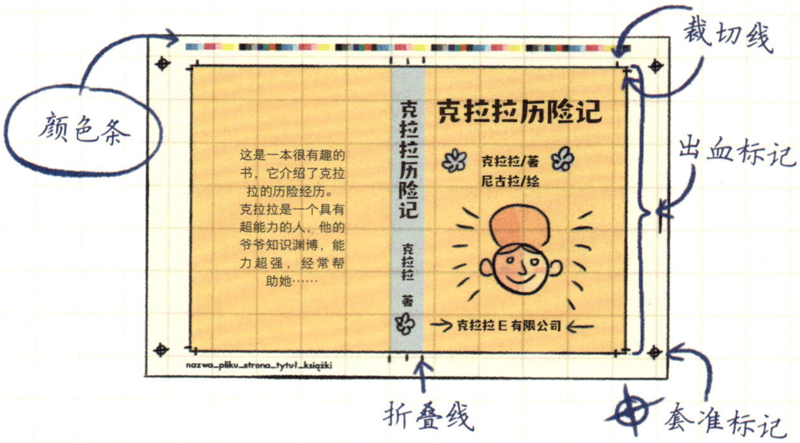

纸张有不同的类型，每种纸的克重（重量）、松厚度（密度）、厚度、白度和光泽度不同。爷爷说松厚度（密度）是纸的厚度与克重的比值，但这太专业了，他还不如用密码跟我说话呢！

纸张有亚光的（胶版）或是光面的（铜版）。

②印刷厂送来彩色数码样，出版社进行评估并检查拼版是否正确。

在印刷中通常使用四种基本印刷油墨，它们分别是青色、品红色、黄色和黑色（也称为关键色），被统称为印刷四分色模式（CMYK）。四分色模式不能呈现的特殊颜色，会使用潘通墨中的现成颜色。

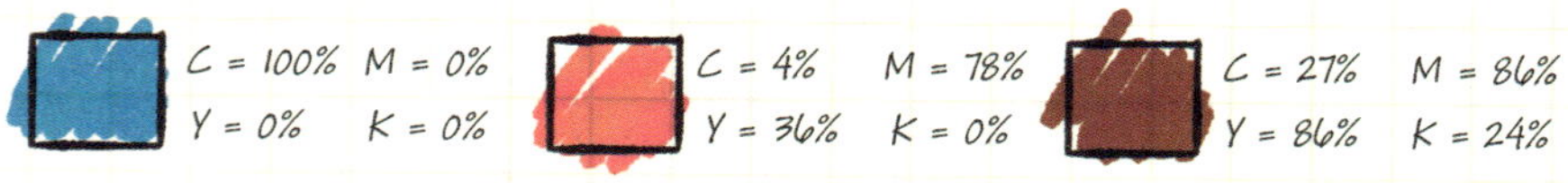

得益于每种色彩精准的百分比数值，印刷厂知道怎样校准颜色。

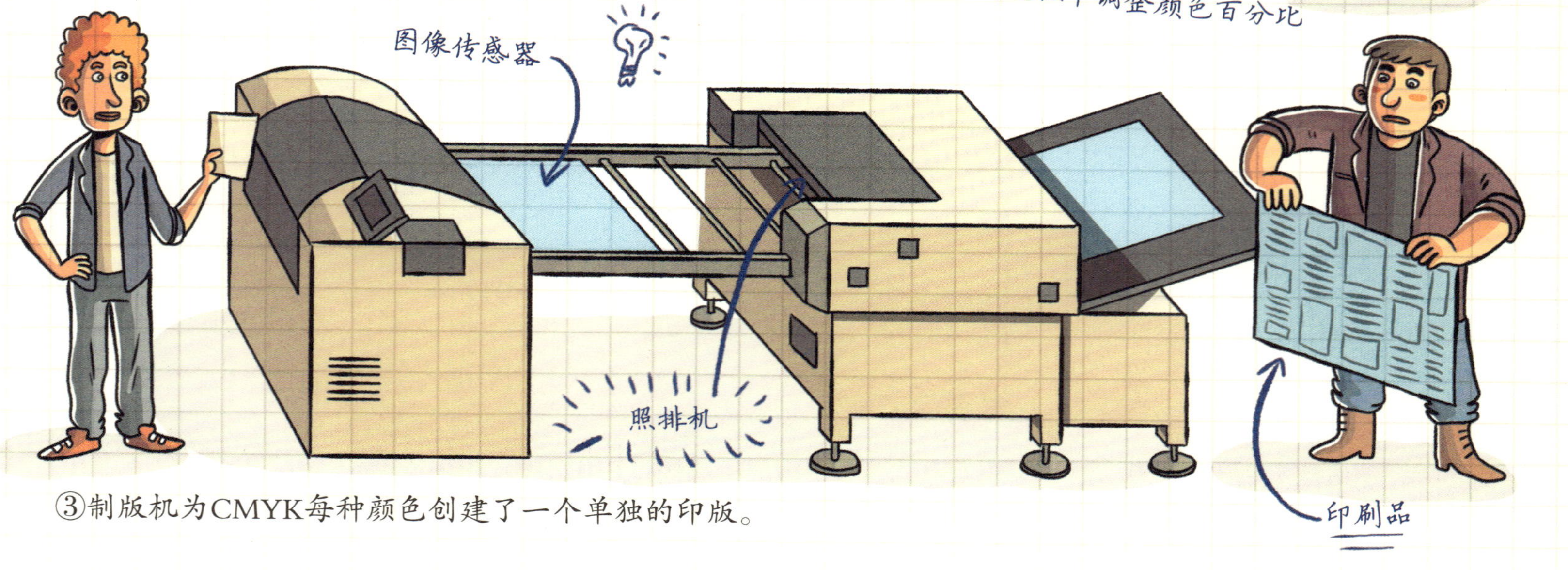

③制版机为CMYK每种颜色创建了一个单独的印版。

④机器印刷。它由一个辊子和滚筒系统组成，上面放置多个曝光的印版，并分别配置CMYK涂料中的一种。封面是单独印刷的。

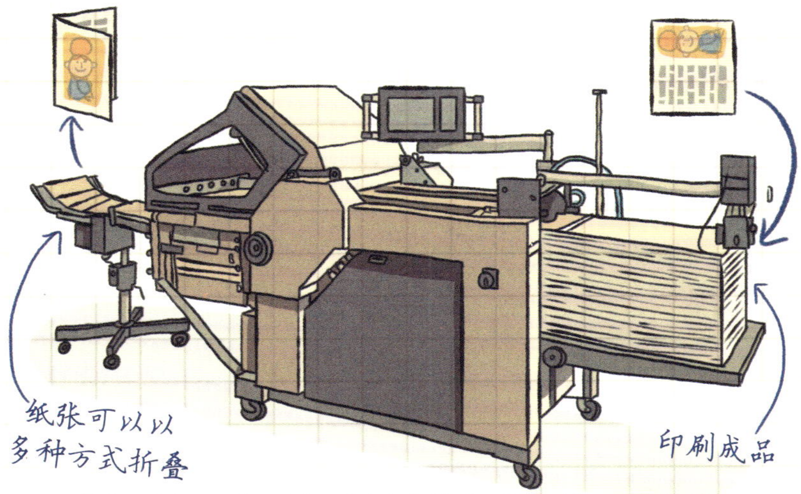

⑤折页机，按照折页顺序将印刷好的页面折叠起来，形成小册子。

⑥小册子的书脊上有标记顺序的数字。先将单个小册子沿书脊缝合或黏合，再按照书脊上的数字顺序排列，装订在一起，就是书芯。

⑦这台机器被称为三刀切割机，它将装订好的书册裁切得整整齐齐。

爷爷解释说，插图师绘图时必须考虑到书的裁切，把次要元素放在边缘，就不会影响主题表达，因为机器的裁切并不是完全精准的。

精装书籍的印刷装订方式有所不同

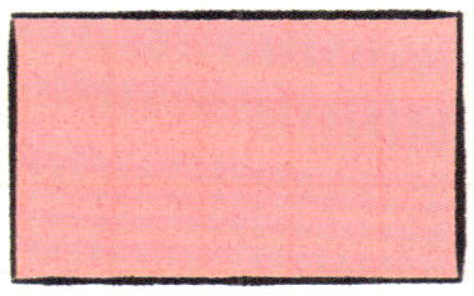

印刷后裁切好的壳面。

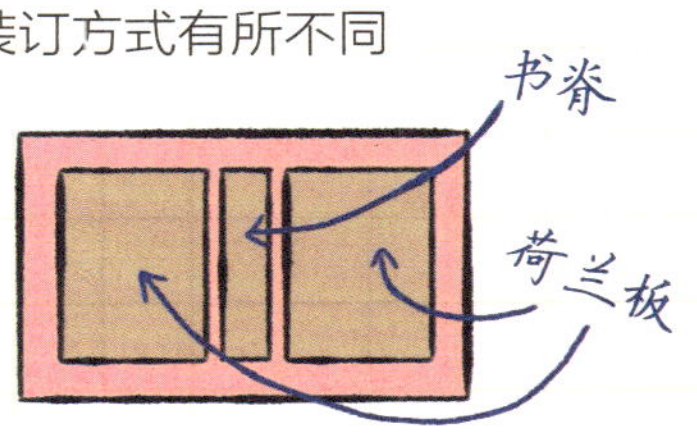

将壳面与相应尺寸的荷兰板粘贴在一起。荷兰板是硬纸板做的。

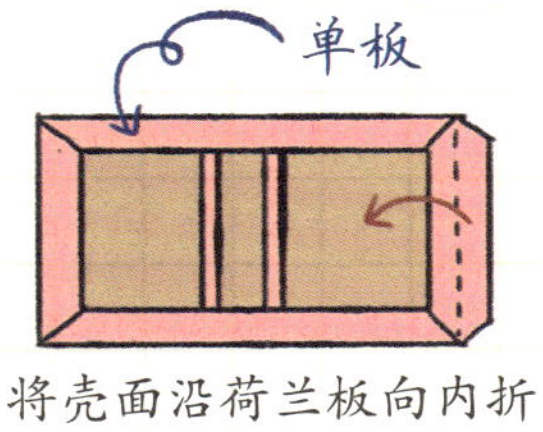

将壳面沿荷兰板向内折叠，并粘在荷兰板上。

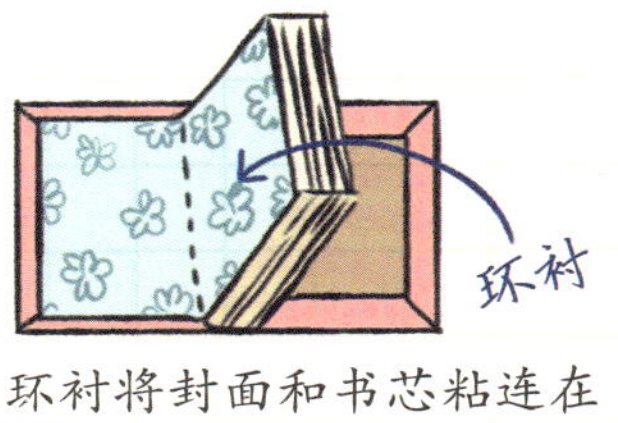

用环衬将封面和书芯粘连在一起。

在封面、封底与书脊连接的地方压出两个沟槽，方便翻页阅读。

在书芯背上下两端各粘贴一个堵布，即堵头布。

特别的图书

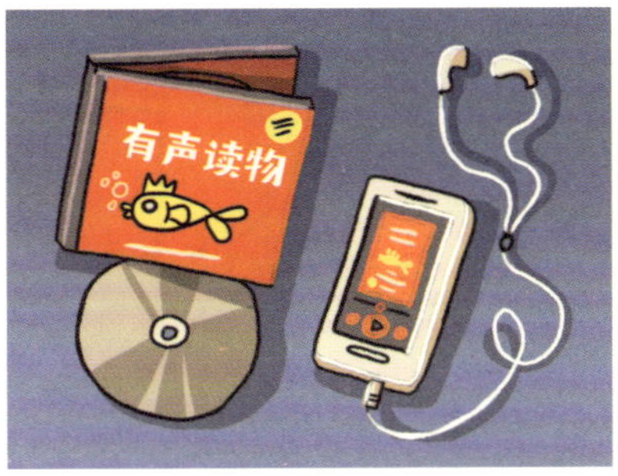

有声读物

最新的书籍形式是电子书和有声读物。有声读物是可供聆听的书，最初采用光盘形式，现在可以在计算机或手机上直接播放。有声读物也会采用广播剧的形式，它通常是配音演员参与录制的。电子书可以在笔记本电脑、平板电脑以及电子书阅读器上阅读，电子书阅读器的视觉效果类似纸张，不会像电脑一样使人眼睛疲劳。一个阅读器可以存放很多书本，旅行时使用很方便，因为不用携带厚重的书。

电子书阅读器

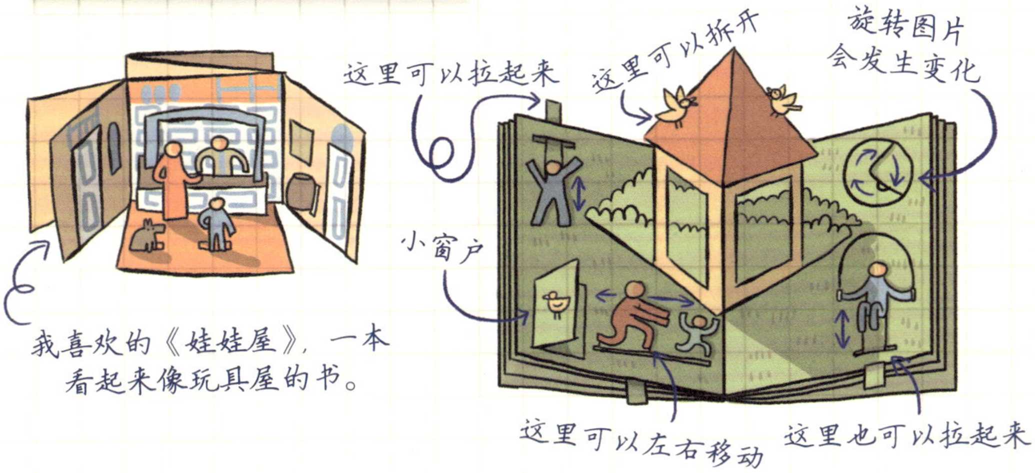

我喜欢的《娃娃屋》，一本看起来像玩具屋的书。

几个世纪以来，人们努力尝试制作会动的、具有空间场景的立体书。目前，出版的立体书大多是儿童读物，虽然它最初是为成年人设计的。这类图书在创作时需要投入大量精力，因为它工艺复杂，做工要特别精准。洛萨·梅根多夫是19世纪后期一位天才立体图书制造商，今天，以他的名义设置的奖项会颁给最精美的立体书。

我家里也有风琴书和拼图书。

漫画书通过一系列的图画讲述故事，通常采用图文结合的形式。它的文字可以是人物对话，也可以描述各种不同的声音，也可以像戏剧舞台指导语，以叙事的形式出现在文字框中。漫画书有不同的主题，可以是娱乐性的，也可以是哲理性的；有为儿童创作的，也有为成人创作的；有黑白的，也有彩色的。漫画的普及与报刊的发展有关，它最初出现在报刊上。漫画书使我们认识了许多英雄和超能力人物，如奥勃利、查理·布朗、史努比、加菲猫、超人和神奇女侠等。日本漫画在世界上非常受欢迎。

这里有一本关于我的3页漫画，是我为学校画的。

三种不同的文字框

尖叫气球　舞台指导　思想泡泡

欧洲的漫画书是从左到右阅读的，而日本漫画书则是从右到左的。

装在盒子中的微型书

我家的微型书

还有一类微型图书，即尺寸不超过几厘米的书。它们被称为蜂鸟图书。微型图书的历史很长，一些研究人员将它的历史追溯到了美索不达米亚的微型平板，以及后来的微型祷告书。这些微型图书不仅可以供收藏家收藏，还可以装在带有链子的金属盒子里，工作或旅行时随身携带。

这是一类特别的游戏书，读者可以选择下一步阅读什么，即在每一章的结尾可以选择一个阅读方案，这个方案会把我们带到下一个章节（阶段）。

这样的书非常棒，因为阅读什么由你来决定！

这里还有一段漫画

雷蒙·格诺

法国作家，他创作了一本开放的书《一百万亿首诗》，里面有十首十四行诗，每一行诗都剪成细条儿，可以单独翻动，与其他行进行不同的排列组合，每一行有十种可能，我们最多可以创造（拼）出一百万亿首不同的诗。

鹿易吉·塞拉菲尼

意大利平面设计师、建筑师鹿易吉·塞拉菲尼出版了虚构世界的百科全书——《塞拉菲尼抄本》。本书分为自然科学和人文科学两部分，介绍了动物、植物、不同的民族和习俗等。插图是对现实事物的超现实模仿，文字是奇怪的符号，无法正常阅读。

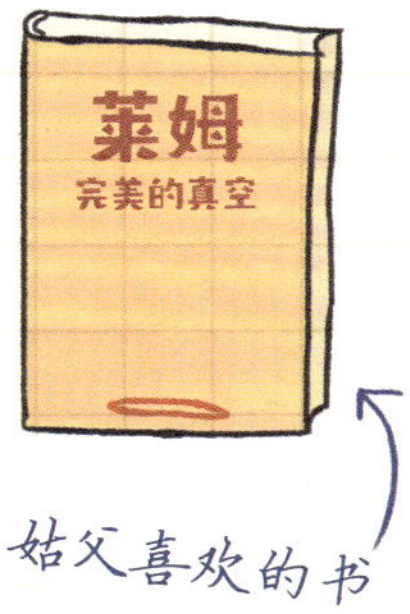

斯坦尼斯拉夫·莱姆

莱姆在《完美的真空》中对虚构的事物进行了评论。随后耶日·里蒙在《鲸》中引用虚构的历史资料，以学术论文的形式证明了这样一个论点：每当波兰历史上发生开创性的事件时，大海就会将鲸鱼抛向波罗的海沿岸。

胡利奥·科塔萨尔

阿根廷作家胡利奥·科塔萨尔在他的小说《跳房子》中提供了一份“导读表”。书中的章节都有编号，您既可以按照传统的方式阅读，也可以根据作者的指示阅读。由于“导读表”引导的跳跃阅读方式和内容的跳跃思维，这本书被命名为《跳房子》。

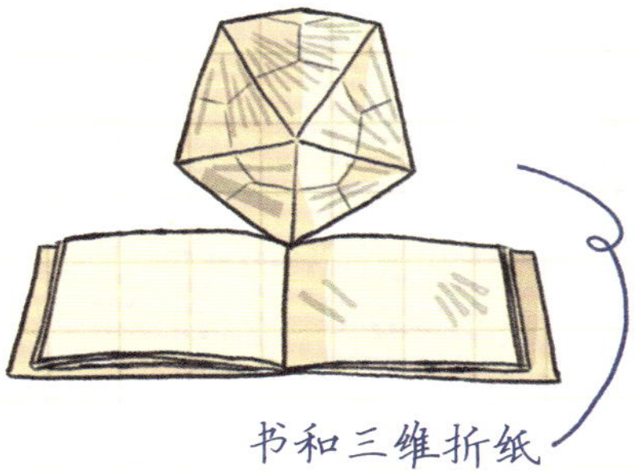

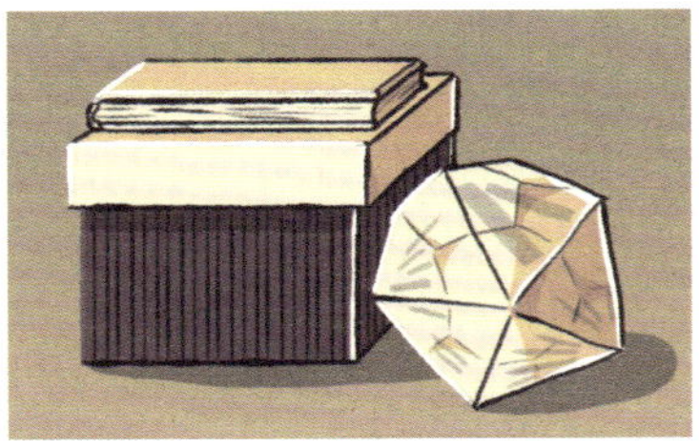

弗朗西斯卡·普列托

智利艺术家弗朗西斯卡·普列托利用尼卡诺尔·帕拉·桑多瓦尔的《诗歌与反诗歌》创作了一本“反书”。它看起来是一本正常的图书，却不能阅读，但把它的内页按三维折纸的形状折叠，它就变成了可以读的书。

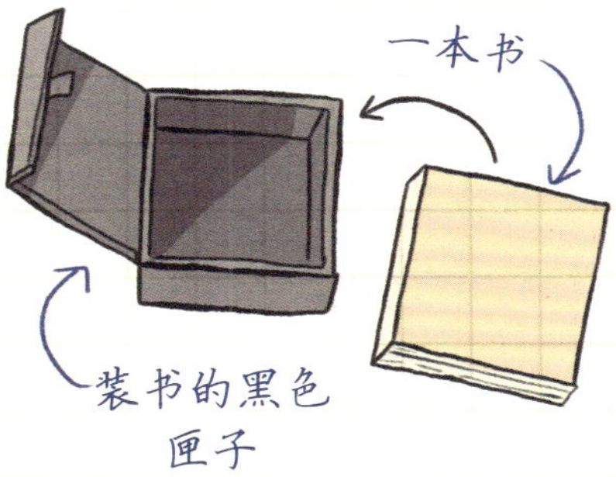

伊尔玛·布姆

荷兰人伊尔玛·布姆是一位备受好评、屡获殊荣的书籍装帧设计师。她为《文化香奈儿—N°5》展览设计的特别版手册，图形和文字以浮雕形式印在白纸上，不使用油墨印刷，据艺术家说，这与香水的难以捉摸紧密相连。书的外包装是一个黑色的匣子。

与图书相关的职业

编辑

由具有出版专业技术资格的人担任。在工作中，他负责策划选题，寻找合适的作者，审校书稿。他还要核算出版成本、签订出版合同、安排出版时间，为作者申请稿酬、考虑促销活动等。当然，这一切通常不是一个人完成的，而是一个团队完成的。

图书管理员

要从事这一职业，必须拥有专业学位，还要热爱图书。图书管理员负责征集新书、分类编目、整理藏书、推广阅读，当然还管理大众借阅图书。图书馆经常组织作者见面会以及阅读活动。

版权代理人

可以代表出版商及作者，向本国或他国出版社和个人介绍图书，在图书版权转让时充当中间人，转让版权的佣金是他工作的报酬。图书代理人必须是一个条理清晰、善于谈判、充满活力的人。

书商

真正的书商不仅是推销员，还是一个非常了解图书，能为客户提供建议的人。他追踪热点，关注最新的出版信息，以便及时获取图书资料，随时为书店订购。他甚至具有侦探能力，如可以从“关于猫头鹰的，绿色的封面”之类的线索找到要找的图书。

印刷工人

受过岗前培训才能在印刷车间操作复杂的机器。对于喜欢安静的人来说，这不是一份适合的工作，因为印刷厂很吵。工作车间会同时进行多项工作，工人们需要集中注意力才不会被打扰。

作家、插画家

虽然有写作和绘画培训课程，但并不是所有的创作方法都可以从中学到，创作需要天赋。可是如果不努力，只有天赋也是不够的。这个职业除了要有创造力外还要自律，要有组织和按期交付的能力。

著名的作家

荷马（约前9世纪—前8世纪）

虽然我们是通过图书认识他的，但他却不知道图书是什么，因为在他生活的年代还没有图书，文学作品是通过口口相传的。荷马是古希腊的盲诗人，相传他创作了著名的《荷马史诗》，分为《伊利亚特》和《奥德赛》两部分。这部著作是古代希腊从氏族社会过渡到奴隶社会的一部社会史、风俗史，它构思精巧严密，人物特点突出，场面壮观宏大，是世界文学史上一部不朽的名作。

萨福（约前630—前560）

古希腊第一位女诗人，出生在莱斯博斯岛的一个贵族家庭，在父亲的影响下迷上了吟诗写作。她创造了自己特有的诗体，这种诗体被称为萨福体，曾对古罗马抒情诗人卡图卢斯、贺拉斯的创作产生过很大的影响。柏拉图曾赞誉她为“第十位缪斯”。在锡拉丘兹有一座为她建立的纪念碑，上面矗立着她的雕像。

威廉·莎士比亚（1564—1616）

16世纪至17世纪，英国杰出的剧作家和诗人，他的作品《哈姆雷特》《仲夏夜之梦》《麦克白》《罗密欧与朱丽叶》等至今广为流传。它们被搬上舞台、荧屏，不断地被翻拍，其中的经典台词（如“生存还是毁灭”）常被人们运用。莎士比亚的作品是在他去世后才出版的，因为在那个时代，人们认为如果大众阅读了剧本就不会去剧院看演出了。莎士比亚环球剧院是为表演他的戏剧建立的，后来被破坏了，现在的剧院是重建的。

阿斯特丽德·林格伦（1907—2002）

她是深受瑞典儿童喜爱的作家，作品已被翻译成70多种语言，淘气包埃米尔、叛逆的长袜子皮皮都是她笔下的主人公。林格伦13岁时，她的作品就被当地报纸刊发了，但她出版第一本图书的时间要晚很多。她的作品对孩子给予了充分的尊重和共情，强调友善的人际关系，没有说教。她会回复读者寄来的每一封信。

J. R. R. 托尔金（1892—1973）

英国作家、诗人、语言学家，他通晓多种语言，被称为“现代奇幻文学之父”。他从古英语文学和冰岛传奇中汲取灵感，创作了小说《霍比特人》《魔戒》等。托尔金非常注重细节，他不但创造了魔幻世界，还为人物创造了语言。

乔安妮·罗琳（1965— ）

她塑造了年轻的巫师哈利·波特，这使她闻名于世。《哈利·波特》的作者署名是J. K. 罗琳，因为出版商觉得人们不爱购买女性写的魔幻小说，就采用了无性别化的笔名。她成名之前是一位单亲妈妈，靠救济金生活，生活贫困。她成名后不忘初心，一直为慈善机构捐款。《哈利·波特》系列共七部，都被拍成了电影。《哈利·波特》完结后，罗琳开始为成年读者写书。

图书在版编目（CIP）数据

图书是怎么来的 /（波）乔安娜・康恰克，（波）卡塔日娜・皮茨卡著；（波）尼考拉・库哈尔斯卡绘；俞佳译. —北京：中国轻工业出版社，2024.2
ISBN 978-7-5184-3934-8

Ⅰ. ①图… Ⅱ. ①乔… ②卡… ③尼… ④俞… Ⅲ. ①儿童故事—图画故事—波兰—现代 Ⅳ. ①I513.85

中国版本图书馆CIP数据核字（2022）第054130号

This publication has been supported by the © POLAND Translation Program
本书得到了 © 波兰翻译计划的支持

责任编辑：熊　隽
策划编辑：熊　隽　　责任终审：劳国强　　封面设计：董　雪
版式设计：锋尚设计　　责任校对：宋绿叶　　责任监印：张京华

出版发行：中国轻工业出版社（北京鲁谷东街5号，邮编：100040）
印　　刷：北京博海升彩色印刷有限公司
经　　销：各地新华书店
版　　次：2024年2月第1版第2次印刷
开　　本：787×1092　1/8　印张：5
字　　数：150千字
书　　号：ISBN 978-7-5184-3934-8　定价：79.00元
邮购电话：010-85119873
发行电话：010-85119832　010-85119912
网　　址：http://www.chlip.com.cn
Email：club@chlip.com.cn

240158E1C102ZYQ